24-32, rue des Amandiers, 75020 Paris – France

Correction : Catherine Rigal


Loi n° 49-956 du 16 juillet 1949 sur les publications destinées à la jeunesse,
modifiée par la loi n° 2011-525 du 17 mai 2011.
Dépôt légal : mai 2020. Imprimé en Serbie.

Produit conçu et fabriqué sous système de management de la qualité certifié AFAQ ISO 9001.

# SIDK

## N'ARRÊTE JAMAIS

Écrit par Erik L'Homme et Frédéric L'Homme

Illustré par Régis Penet



AUZOU romans Pas à pas

# VOUS QUI AVEZ OUVERT CE LIVRE

Vous ne savez pas encore qui est **SIDH** ?
Ce n'est pas une créature comme les autres. Pour commencer, il vit à l'intérieur d'un frigo, dans la cuisine de l'appartement où habitent Sophie et Julien, les parents de Manon et Hugo.

Pour **JULIEN**, le père, Sidh est une forme de vie encore inconnue des scientifiques :
– Regardez le fond des océans ! La moitié des poissons qui y vivent n'ont pas encore été découverts !
**HUGO**, le plus jeune des membres de la famille, n'est pas du tout d'accord avec son père :
– Je ne crois pas que Sidh puisse respirer sous l'eau !

**MANON**, sa sœur aînée, pense que Sidh est un génie, comme celui de la lampe d'Aladdin. Elle n'a peur que d'une chose, c'est qu'il lui mette la honte quand elle invite ses copines à la maison.

**SOPHIE**, la mère, a du mal à accepter la présence de l'intrus dans sa cuisine :

– Sidh est un démon... Je vous assure, les démons existent ! Je l'ai lu dans le livre du professeur Ratapok !

Que Ratapok ait raison ou non, l'existence de Sidh doit rester secrète, alors **CHUT !** pas un mot à **MAMIE**, la mère de Julien, ni à **ERNESTO** et **CLARA**, les meilleurs amis de Hugo et Manon.

# 1 L'ANNIVERSAIRE DE MANON

— Est-ce que je suis invité à ton anniversaire, moi aussi ? demande Sidh à Manon qui fouille les placards à la recherche d'un moule à gâteau.

— Hors de question. Hugo est chez Ernesto, et j'ai réussi à mettre papa et maman dehors ! C'est pas pour te voir gâcher ma fête.

— Gâcher ta fête ? s'offusque Sidh. La rendre inoubliable, plutôt ! Tiens, si tu veux, je pourrais m'occuper de la musique.

— Surtout pas ! Il y aura Antoine, c'est un musicien, il joue de la guitare comme un dieu.

— Tu fais venir un musicien professionnel ?

— Hein ? Non, c'est un garçon de ma classe, mais il est trop beau, heu, je veux dire trop bon, à la guitare...

— J'ai charmé les oreilles du Roi-oiseau de Soumska-la-Petite, tu sais. L'Empereur lui-même a crié son enthousiasme ! Ou peut-être qu'il riait, je ne sais pas. Il faut dire que, sous le coup de

l'émotion, j'ai enfoncé l'archet de mon violon dans l'œil de la baronne Gertruda ! En tout cas, l'Empereur a beaucoup apprécié le spectacle !

— Sidh ?

— Oui ?

— N'y pense même pas. Si tu veux vraiment te rendre utile, aide-moi plutôt à faire ce gâteau.

— Tu me fais confiance pour le gâteau, mais pas pour la musique ?

— Disons qu'il y a moins de risques que tu gâches la fête comme ça.

— À chacun sa stratégie !

•●•

— Qu'est-ce qui se passe ? demande Clara à Manon. Tu n'as pas touché au gâteau ! Pourtant, c'est une tuerie.

— Mouais, dit Manon en triturant sa part.

— Tu as réussi à parler à Antoine, finalement ?

— Tu parles ! Il m'a même pas calculée... Il a tout de suite rejoint les autres, alors que c'est mon anniversaire !

— Ouais, il exagère. Il est au courant, quand même, que tu le kiffes ?

— Hein ? Non, bien sûr ! Disons que je comptais le lui dire aujourd'hui...

— Il faut juste que tu trouves le bon moment : c'est une question de stratégie.

— Eh ! attends ! dit Manon en relevant la tête de son assiette. C'est bizarre, je n'entends plus personne... Mais où est-ce qu'ils sont tous passés ?

— Tu as raison ! Y a que nous deux... C'est quoi cette musique, elle vient pas de la cuisine ?

— La cuisine ? s'étrangle Manon. Viens avec moi, y a urgence !

•●•

— Incroyable ! s'exclame Clara.

— J'hallucine..., lâche à son tour Manon en découvrant Sidh qui joue de la trompette adossé au frigo, tandis que Taht fait virevolter une contrebasse sur le carrelage et qu'Antoine, assis sur la table, les accompagne de sa guitare.

— J'adore, s'exclame Clara. Je comprends que tout le monde soit venu écouter !

— Mouais..., dit Manon.

— Bravo ! crie son amie après que les musiciens ont joué leur dernière note, déclenchant un tonnerre d'applaudissements.

— Génial ! s'écrie Antoine en abandonnant sa guitare sur la table. Mais où avez-vous appris à jouer comme ça ?

— Eh bien, dit Sidh, j'ai été l'élève du grand Otihs, qui était un véritable génie de la trompарde culottée...

— Je suis habitué à surfer sur les ondes, renchérit Taht, j'ai les vibrations dans la peau !

— Génial, répète Antoine en se tournant vers Manon : je ne savais pas que tu connaissais de si grands musiciens !

— Heu, ah oui ? fait Manon.

— Elle en connaît des tas ! dit Clara en balançant un coup de coude à son amie, avant de chuchoter à son oreille : Rappelle-toi, c'est de la stratégie !

— Dis-moi donc, Antoine, intervient alors Sidh, as-tu déjà joué devant l'Empereur ?

•●•

— Coucou, ma chérie ! dit Sophie en entrant avec Julien dans le salon. Ton anniversaire s'est bien passé ?

— Bof, répond Manon, assise dans un fauteuil, les bras autour des genoux.

— C'est l'ambiance ? demande Julien. C'est essentiel, l'ambiance, dans une fête !

— Ah ça, pour de l'ambiance, y avait de l'ambiance, soupire Manon.

— Alors quoi ? insiste Sophie. Tu t'es disputée avec Clara ?

— C'est Sidh, il a joué de la trompette dans la cuisine et il a accaparé Antoine toute la soirée. Ils n'ont fait que parler de musique jusqu'à ce qu'il soit l'heure de partir !

— Sidh ? s'inquiète Sophie.

— Qui est Antoine ? demande Julien.

— Personne, répond Manon. De toute façon je m'en fiche, je ne veux plus jamais fêter un seul anniversaire !

— Allons, dit Julien, tu exagères.

— Regarde, continue Sophie qui tente comme elle peut de consoler sa fille, tu n'as même pas ouvert tes cadeaux !

— Je m'en fous, de mes cadeaux.

— Ne dis pas ça, voyons. Tiens, pourquoi tu n'ouvres pas le gros, là, c'est peut-être celui d'Antoine !

— On ne m'a toujours pas dit qui était Antoine, fait remarquer Julien.

— Personne, répond Sophie. Regarde, Manon, celui-là est de la part de...

— De Mamie ! dit Julien en lisant l'étiquette sur le papier d'emballage. Je la reconnais bien, toujours aussi généreuse... Vas-y, ouvre !

— C'est un bouquin, dit Manon qui n'en croit pas ses yeux : *Cinq stratégies simples pour ne pas passer pour une bécasse dans les soirées*.

— Excellent choix ! crie Sidh depuis la cuisine.

STRATÉGIE NUMÉRO UN : TÂCHEZ DE PRENDRE L'AIR INTELLIGENT

# 2 LE SLOGAN PUBLICITAIRE

— Ce qu'il me faut, dit Julien en entrant dans la cuisine, c'est un café bien fort ! Je suis sûr que ça me donnera des idées.

— Des idées pour quoi ? demande Sidh.

— On m'a chargé d'une campagne publicitaire de la plus haute importance. Je dois présenter au client un slogan percutant. Et c'est pour cet après-midi !

— *Vous n'arrivez à rien ? Pour les idées, il y a Julien !*

— Pas mal !

— C'est que je ne suis pas novice en la matière ! dit Sidh. Mon agence de publicité avait des succursales jusque sur les lunes de Trooba. La nouvelle gamme des shampooings pour gnock contre les poils filasses ? C'était moi !

— Jamais entendu parler.

— C'est parce que tu n'as jamais mis les pieds sur Trooba. On trouvait mes slogans partout !

— Peut-être, mais cette fois, il ne s'agit pas de shampooing ! Ça n'a rien à voir !

— Ah bon ? Et de quoi s'agit-il ?

— D'après-rasage. L'Eau barbare.

— C'est pour les pieds ?

— Hein ? Non, Sidh, un après-rasage, c'est comme un parfum, qu'on met sur les joues et le cou, après s'être rasé.

— Je n'ai jamais entendu quelque chose d'aussi idiot. C'est les pieds qui sentent mauvais, pas les joues.

— C'est pas gagné, soupire Julien.

•●•

— *L'Eau barbare, l'eau des barbes rares.*

— *L'Eau barbare, pour être beau comme un Tartare.*

— C'est quoi cette histoire de tartare ? demande Manon en entrant dans la cuisine.

— On teste des slogans avec ton père, pour sa nouvelle publicité, répond Sidh.

— Ça y est, s'exclame Julien, je sais, écoutez ça : *Ô, barbare, donne-moi ta force, donne-moi ton eau !*

— Mais c'est nul ! dit Manon.

— Eh bien, réplique Julien, vexé, tu n'as qu'à trouver mieux puisque tu es si maligne !

— Facile : *Ta barbe barbote dans l'Eau barbare !*

— Vous jouez à quoi ? demande Hugo, attiré par les éclats de voix. C'est quoi de l'eau barbare, c'est pour boire ?

— Non, répond Manon, c'est une marque d'après-rasage.

— C'est quoi un après-rasage ?

— Du parfum, explique Sidh, mais pas pour les pieds.

— C'est comme de l'eau de Cologne, dit Manon. Il faut trouver une phrase qui rime.

— Comment ?

— Comme tu veux.

— Genre : *L'Eau barbare des malabars ?*

— Allons, les enfants, dit Julien, un peu de sérieux. Laissez-nous travailler, Sidh et moi.

— Tu es si désespéré que ça pour demander à Sidh de t'aider ? lance Sophie en rejoignant tout le monde.

— Eh bien, en fait... oui.

— Il te suffisait pourtant de me demander, dit Sophie. C'est l'Eau barbare, ton client ?

Que penses-tu de : *L'Eau barbare, pour éviter que votre femme se barre.*

— Je pense que c'est vraiment pas gagné...

•●•

— Qu'est-ce que c'est ? Une bouteille de champagne ? fait Sophie alors que Julien entre dans l'appartement.

— Exactement ! Pour célébrer mon succès ! Le client a vraiment a-do-ré le slogan que je lui ai proposé.

— C'était le mien ? demande Manon.

— C'est-à-dire que…

— Le mien, alors ? renchérit Hugo.

— Non, je…

— Voyons, lance Sidh depuis la cuisine, c'est forcément mon idée qui a été retenue !

— Disons que…

— Avoue donc, mon chéri, que c'est à moi que tu dois ta victoire, dit Sophie.

— Ah, la barbe ! Non, j'ai fait appel à un consultant extérieur, figurez-vous !

— Hein ? s'insurge Sidh. Comment as-tu pu trahir ainsi ta propre famille ?

— Je n'ai trahi personne, c'est quelqu'un de très bien. D'ailleurs, vous le constaterez vous-même, car il vient dîner ce soir !

— Il vient dîner ? répète Hugo.

— Ce soir ? renchérit Sophie.

— Ce soir, oui ! Et je compte sur vous pour lui réserver le meilleur accueil. C'est un atout important pour ma carrière !

•●•

— Quand même, dit Sophie, en mettant le soufflé au four, je n'en reviens pas ! J'aurais cru Julien plus attaché à l'esprit de famille.

— Je suis entièrement d'accord, ma chère Sophie, il aurait pu nous témoigner plus de respect !

— D'autant que nos slogans étaient très bons !

— Ils étaient excellents !

— Oui, excellents, parfaitement ! Tu as trouvé le mot juste !

— Comme d'habitude ! dit Sidh. Tiens ? On sonne à la porte.

— Quoi, déjà ? Mais Julien n'est pas encore rentré !

— Maman ? appelle Hugo. C'est Mamie !

— Mamie... Qu'est-ce qu'elle fait là ? Une fois de plus, elle tombe au plus mauvais moment ! Et le consultant de Julien qui va arriver, grommelle Sophie en gagnant le salon.

— Ah, Sophie, ma chère, dit Mamie en allumant un cigare.

— Mamie, quelle... surprise ! On ne vous attendait pas.

— Julien ne vous a pas prévenue ?

— C'est-à-dire, nous avons un invité, ce soir.

— Un invité ?

— Un consultant en publicité, qui travaille avec Julien.

— Ah, fait Mamie en soufflant la fumée de son cigare. Mais c'est moi, ma chère !

— Vous ? s'étrangle Sophie.

— Mon pauvre Julien ne peut pas compter sur grand monde, dans cette maison.

— C'était quoi, votre slogan, Mamie ? lance Sidh depuis la cuisine.

— Ouvrez grand vos oreilles, les enfants, ça va chauffer : *Je suis baba de l'Eau barbare quand l'eau des barbares coule.*

— Cool ! dit Hugo.

— C'est ça, souffle Sophie. Restons cool.

ÇA VOUS LA COUPE, HEIN ?

# 3 PEINTURE SUR SOI

— Je te jure, mes parents sont trop lourds, soupire Manon en se laissant tomber sur une chaise, dans la cuisine.

— Arrête, lui répond son amie Clara. Les miens, c'est pire. Ils doivent s'imaginer que j'ai encore douze ans.

— Tu verras qu'ils seront encore sur notre dos l'année prochaine.

— Et celle d'après.

— La honte !

— T'imagines ma mère se pointant au lycée ?

— C'est clair ! Faudrait qu'ils comprennent qu'on n'est plus des mômes de deux ans.

— Qu'ils nous lâchent les baskets, à la fin !

— Carrément.

— Je t'ai pas dit, j'ai vu la sœur d'un copain, elle s'est fait tatouer une pieuvre géante dans le cou ! Il paraît que son père était furax.

— Arrête ! Je sais pas ce qu'il dirait, le mien.

— Tu sais quoi, continue Clara, je vais aller voir la boutique qui lui a fait le tatouage.

— Ah oui ?

— Elle est juste en face de la gare. La pieuvre de la fille, je te jure, elle est trop belle. Je crois que je vais me faire tatouer un dauphin sur l'épaule.

— Sérieux ?

— Attends, c'est ma vie, après tout, je fais ce que je veux.

— Carrément, dit Manon. T'as raison.

— En plus, il est super doué, le tatoueur qui bosse là-bas, c'est une sorte de Michel-Ange, tu vois ?

— Grave. Tu sais quoi ? Moi aussi, je vais me faire faire un tatouage !

— Eh ! ça serait super classe qu'on se fasse le même !

— Carrément ! s'enthousiasme Manon. Et puis on pourrait...

— Quoi ? demande Clara. Qu'est-ce qui t'arrive ? Tu fais une tête trop bizarre, tout d'un coup !

— Ça va, c'est rien, répond Manon en faisant les gros yeux à Sidh, qui vient d'ouvrir le frigo. C'est que... cette idée de tatouage, c'est juste énorme !

•●•

— Sidh ! Ouvre ! Il faut qu'on parle ! crie Manon en tambourinant contre la porte du réfrigérateur.

— Ça va, voilà, qu'est-ce que tu veux ? répond Sidh en s'extrayant du bac à légumes.

— Qu'est-ce qui t'a pris de te montrer alors que j'étais avec Clara ?

— Elle avait le dos tourné, elle ne m'a pas vu.
— Heureusement. En attendant, tu m'as foutu la honte. À cause de toi, je suis encore passée pour une folle !
— Il faut bien que je me dégourdisse les jambes de temps en temps ! Pourquoi vous n'êtes pas allées dans ta chambre ?
— Je vais où je veux ! C'est à toi de te débrouiller pour rester invisible ! Je te rappelle que tu vis chez nous.

— Techniquement, c'est VOTRE appartement qui est autour de MA cuisine.

— Ah ! tu m'énerves ! Je ne veux plus discuter avec toi !

— Tu ne veux pas discuter de ton tatouage ?

— Mon tatouage ?

— Je suis artiste en la matière, tu sais. Qu'est-ce que tu voudrais ? Une reproduction des grandes fresques de Kamur ? Un portrait du destructeur des mondes de Gemhnirr ? Une copie des Trois Enluminures du livre des demi-morts ?

— Euh... Tu sais, je disais ça... Je ne suis pas franchement sûre d'avoir envie d'un tatouage, avoue Manon en baissant la tête.

— Mais tu as pourtant dit à Clara...

— Tu ne comprends rien ! C'était histoire de parler ! Ce qu'on voudrait, c'est que nos parents arrêtent de nous traiter comme des gamines.

— Ah ? Ça sert à ça, les tatouages ?

— Évidemment !

— Alors, n'en dis pas plus. Je vais t'aider.

— Hein ?

— Tais-toi. Je sens l'inspiration qui monte.

— Attends ! Qu'est-ce que tu comptes faire ?

— Tu verras bien. Fais confiance au MAESTRO.

— Au quoi ?

— Au maestro. On m'appelait ainsi à l'époque où je corrigeais les tableaux du Greco, dit Sidh en faisant une série de passes au-dessus de la tête de Manon.

— Mais... attends !

— Et voilà !

— Voilà quoi ?

— Dans le monde de Rahr, c'est comme ça qu'on distingue les adultes des enfants.

— Hein ?

— Regarde, au lieu de te plaindre, et admire l'œuvre du maestro qui a prouvé une fois de plus qu'il méritait son nom ! Ton amie Clara sera verte de jalousie.

— Ah ! Ahhhhhh ! Mais... Qu'est-ce que c'est que ça ?

— Eh bien, c'est du bleu éclatant. Une nuance de bleu toute spéciale, que j'ai appelée Sidh-azur, parce que Sidh assure !

— TU M'AS PEINTE EN BLEU !

— Pas complètement, corrige Sidh tandis que Manon s'élance à la recherche d'un miroir. Tu remarqueras que ton visage a conservé sa couleur d'origine.

— C'est pas possible ! hurle-t-elle depuis la salle de bains. Je n'arrive pas à l'enlever ! Mes parents vont me tuer !

— Allons, tu exagères toujours.

— Je te déteste !

— C'est comme ça que tu me remercies ? Ça m'apprendra à gaspiller mon talent pour un caprice de petite fille.

— Je vais t'étrangler si tu ne m'enlèves pas ça tout de suite ! rugit Manon en surgissant dans la cuisine.

— Quand tu t'énerves, ton visage prend une vilaine teinte rouge qui gâche mon bleu. Je préfère m'en aller.

— Reviens ici ! crie Manon alors que Sidh s'enferme dans le frigo.

•●•

— Sidh ! gémit Manon enroulée dans son peignoir. Ça part même pas au gant de crin ! Je ressemble à un œuf de Pâques ! C'est pas drôle, allez, ramène-toi.

— Jamais, lui répond une voix dans le frigo.

— S'il te plaît !

— Non !

— Allez ! Enlève-moi ça !

— À une condition, alors.

— Tout ce que tu voudras.

— Dorénavant, tu devras m'appeler… Maestro !

— Jamais !

•●•

— J'aurais pu t'apporter tes devoirs chez toi, dit Clara, assise à côté de son amie sur un banc du square devant le collège.

— Fallait que je change d'air, répond Manon, habillée comme en plein hiver, écharpe autour du cou et capuche sur la tête, les mains dans des gants de ski.

— Tu sais, continue Clara, la discussion qu'on a eue avant-hier... C'était pour rire, hein ? Je veux dire, je n'ai aucune envie de me faire faire un tatouage.

— T'as raison, c'était une idée pourrie.

— Dis donc, c'est vrai que t'as pas l'air bien ! Comment t'as fait pour attraper froid ?

— Problème de frigo.

# 4 LUNCH BOX

— Qu'est-ce que tu fais, maman ? demande Hugo.

— Je prépare ton déjeuner pour ce midi, dit Sophie en posant une lunch box flambant neuve sur la table.

— Pourquoi ? J'ai pas cantine ?

— Pas aujourd'hui. Les parents ont tous reçu un mot de la directrice. La cuisine est fermée, elle doit être désinfectée.

— Qu'est-ce que ça veut dire ?

— Il y a deux enfants qui ont eu mal au ventre cette semaine, le docteur dit que c'est peut-être à cause d'une bactérie. L'école ne veut pas prendre de risques. D'ailleurs, votre maîtresse a invité un spécialiste pour vous parler de l'importance de la propreté.

— J'espère qu'il viendra pendant l'heure de la dictée...

— Oh, zut, s'exclame Sophie en regardant sa montre, je suis super en retard ! Manon ! Viens, s'il te plaît !

— Comment tu trouves ma nouvelle robe ? demande Manon en entrant dans la cuisine.

— Je n'ai pas le temps, ma chérie, répond Sophie en attrapant son manteau dans le couloir. Tu peux terminer de préparer le repas de ton frère ? Et toi, Hugo, essaye de ne pas traîner sur le chemin de l'école !

— À ce soir, maman !

— Oui, à ce soir, Sophie, lance Sidh en sortant du frigo.

— Dis, Sidh, fait Manon : Puisque tu es là, qu'est-ce que tu en penses, toi, de ma robe ?

— Je la trouve très jolie. Elle me rappelle celle de Mamie.

— J'en étais sûre, elle est horrible ! dit Manon en retournant dans sa chambre.

— Et mon déjeuner, alors ? demande Hugo.

— C'est ça, une lunch box ? fait Sidh en se penchant au-dessus de la boîte en métal.

— Oui, c'est une boîte i-so-therme.

— Ça veut dire quoi ?

— Ça veut dire que ça garde la nourriture au chaud.

— Ça marche aussi avec le froid ?

— Je ne sais pas. Sûrement.

— Intéressant... Si je t'aide à préparer ton déjeuner, tu m'emmènes à l'école ?

— Je croyais que tu ne pouvais pas quitter la cuisine !

— Je pense qu'avec des glaçons du frigo, et en restant bien au frais, ça ira.

— Ah oui ? Cool !

•●•

— Qu'est-ce que tu as pris, toi, pour manger ? demande Cerise à Ernesto, dans la salle de classe.

— Ma grand-mère m'a préparé un completo, dit-il en sortant un gros sandwich d'un sac en papier.

— Il y a quoi, là-dedans ?

— Saucisse, avocat, choucroute et sauce américaine.

— Trop bon ! Tu me feras goûter ?

— Si tu veux.

— Et toi, dit Cerise en se tournant vers Hugo, tu as quoi ?

— Heu..., hésite Hugo, en posant un regard inquiet sur sa lunch box.

— Fais voir ! dit-elle en s'emparant de la boîte.

— Eh ! rends-moi ça !

— Pourquoi ?

— Parce que ! dit Hugo en récupérant son bien.

— T'es bizarre !

— Pas plus que toi ! rétorque-t-il tandis que la sonnerie annonce la reprise de la classe.

•●•

— Qu'est-ce qu'il y a ? demande Hugo à Ernesto qui ouvre des yeux grands comme des soucoupes.

— Regarde ! Derrière toi !

— C'est vous l'expert en propreté ? demande la maîtresse à Sidh qui se tient debout à côté de la lunch box de Hugo, en blouse médicale et masque sur le nez. Je ne vous ai pas entendu entrer !

— C'est parce que je porte des chaussons anti-moisissures.

— Ah, fait la maîtresse, c'est... très pédagogique de votre part !

— Il a une drôle d'allure, ce type, glisse Cerise à Hugo.

— Les enfants, je vous présente monsieur...
— Propre, dit Sidh.
— Monsieur Propre, qui va nous parler de... d'hygiène. Vous ne voulez pas venir au tableau ?
— Non, répond Sidh, en posant la main sur la lunch box, je préfère rester près de... des...
— S'il dit des microbes, je monte sur ma chaise et je lui fais manger son masque, souffle Cerise.
— Comme vous voudrez, Monsieur Propre, dit la maîtresse en s'asseyant à son bureau. Sortez vos cahiers, les enfants.
— Eh bien, pour commencer, dit Sidh, je vais vous rappeler l'importance de mettre des chaussettes vertes quand il pleut ! Tout le monde sait que les escargots-crocodiles de Soumska-la-Géante, particulièrement

gloutons, ont horreur du vert ! C'est le meilleur moyen de conserver ses orteils entiers.

— Hein ? s'exclame la maîtresse, abasourdie. Je... c'est la première fois que j'entends parler de ça !

— Ne m'interrompez pas, s'il vous plaît, c'est moi l'expert !

— Oui, bien sûr, pardon.

— Où en étais-je ? Ah, oui, les escargots-crocodiles. Mais ils ne sont rien comparés au mégaloptère-vampire du gnock à poil long. Contre celui-ci, il n'y a qu'une solution : porter un bonnet jaune. Ainsi, le mégaloptère vous prend pour son prédateur naturel, le cancrelat-canari...

•●•

— Maman ! Est-ce qu'il y a un bonnet jaune à la maison ?

— Un bonnet jaune ? dit Sophie, qui a passé des gants de caoutchouc et qui s'échine à briquer la cuisine. Qu'est-ce que tu racontes, encore ?

— C'est pour me protéger des vampires, c'est Sidh qui l'a dit. Il me faut aussi des chaussettes vertes.

— Sidh ?

— Oui, dit Hugo, à cause des escargots-crocodiles ! Ils mangent les doigts de pied !

— Sidh, évidemment..., souffle Sophie en frottant plus vigoureusement.

— Qu'est-ce qui te prend ? questionne celui-ci en sortant du frigo. C'est bien la première fois que je te vois nettoyer cette cuisine !

— C'est vrai, intervient Manon, d'habitude, c'est papa qui s'y colle.

— Qu'est-ce qu'il y a ? Tu as passé une mauvaise journée au travail ?

— C'est pour faire comme à la cantine ? renchérit Hugo.

— Tu désinfectes ? dit encore Sidh.

— Exactement, répond Sophie en lui jetant un regard noir. Mais je crois que je n'arriverai pas à me débarrasser du principal parasite de cette cuisine !

# 5 SMARTPHONE

— Victoire ! s'exclame Julien en entrant dans l'appartement. J'ai réussi à trouver les citrons de Madagascar que tu voulais ! J'ai dû faire toutes les boutiques de la ville, je les ai payés une fortune, mais ils sont là, dans mon sac !

— Mais de quoi tu parles, mon chéri ? demande Sophie en se levant du canapé. Quels citrons ?

— Ceux que tu m'as dit de rapporter, enfin ! Même que c'était urgent.

— Comment ça ? Mais je ne t'ai jamais demandé de rapporter quoi que ce soit !

— Sophie, regarde toi-même, dit Julien en brandissant son smartphone. Ton message était très clair : les citrons devaient être bios, pas trop gros, et cultivés à Madagascar.

— Je t'assure que je ne t'ai envoyé aucun message, rétorque Sophie en approchant son visage de l'écran.

— Ça, c'est un peu fort !

— Je sais ce que je dis, tout de même ! Je n'ai pas touché à mon téléphone de la matinée, il n'avait plus de batterie, je l'ai laissé branché dans la cuisine !

— Peut-être que Manon... ou Hugo ?

— Ils sont à l'école, voyons !

— Dans ce cas, soupire Julien, je ne vois qu'une seule explication possible...
— SIDH !!! s'écrient-ils de concert.

•●•

— Mes citrons sont arrivés ? demande Sidh, un paquet de sucre de canne à la main. La qualité du fruit est essentielle pour réussir une bonne citronnade.
— Ne me dis pas que tu t'es servi de mon téléphone ? grogne Sophie.

— Si, évidemment, et j'en ai même profité pour inviter Mamie à dîner.

— QUOI ?

— Ah, dit Julien, ça, c'est une bonne idée !

— Puis-je avoir mes citrons ?

— Tais-toi, avec tes citrons ! Tu as osé utiliser mon téléphone en te faisant passer pour moi !

— Tu n'es pas contente de voir Mamie ? demande Sidh.

— C'est vrai, ça, Sophie, dit Julien, tu n'es pas contente de voir maman ?

— Ce n'est pas le sujet !

— Je suis bien d'accord, s'exclame Sidh. Nous devons d'abord parler du téléphone que vous allez me procurer.

— Comment ? Quel téléphone ? demande Julien.

— Celui dont j'ai absolument besoin pour contacter mes amis.

— Je croyais qu'ils habitaient des dimensions parallèles, dit Julien.

— Oui, mais ça marche très bien ! J'ai essayé tout à l'heure, et Taht m'a répondu des mondes de Riga. L'inconvénient, c'est que la communication n'est pas incluse dans le forfait.

— Hein ? Mais combien ça va me coûter ?

— Voyons, Sophie, dit Sidh, quand on tient à ses amis, on ne compte pas !

— Il existe peut-être un forfait plus avantageux pour appeler les mondes parallèles, dit Julien.

— Qu'est-ce que c'est que ce délire ? s'énerve Sophie. Hors de question que Sidh ait un téléphone, il provoque déjà bien assez de catastrophes comme ça !

— Tout est toujours de ma faute, ici, de toute façon ! Au fait, Julien, est-ce que les citrons sont bien acides ?

— Non, intervient Sophie, ils ne sont pas à Sidh, je les ai payés, ils sont à moi ! Et mon téléphone aussi, c'est clair ?

•●•

— Super, de la citronnade ! s'écrie Manon en posant son smartphone sur la table. J'ai bien besoin de ça pour me remonter le moral !

— Qu'est-ce qui ne va pas ? demande Sidh.

— C'est mes amies, elles n'arrêtent pas de poster des super photos de leurs week-ends ! Elles vont toujours à l'étranger ou dans des endroits super exotiques, alors que moi, ma vie est nulle ! Avec le travail de maman à l'hôpital, on peut jamais bouger !

— Comme je te comprends !

— Qu'est-ce que je peux bien publier, moi ? Des photos de ma chambre ? De la rue en bas ? Du square d'à côté ?

— De la cuisine ?

— T'imagines la honte !

— Attends, j'ai peut-être une idée, dit Sidh en approchant sa main du smartphone.

— Eh, n'y touche pas, dit Manon. Mais... pourquoi est-ce qu'il y a des tas de messages qui m'arrivent, tout à coup ?

— C'est vrai, ça n'arrête pas de sonner.

— J'y crois pas ! dit Manon en écarquillant les yeux.

— Quoi ?

— Il y a plein de gens qui veulent devenir mes amis !

— Ah bon ?

— Mais c'est fou, cette photo, c'est moi dans une robe à paillettes, en train de danser avec... des pieuvres multicolores !

— Joli !

— Et là, j'hallucine, c'est moi sur une plage de sable rouge, avec trois lunes dans le

ciel ! Et celle-là, nooooooon... je suis assise dans la jeep du docteur Beausourire, de la série *Amour et cacahuètes* ! C'est toi qui as fait ça, Sidh ?

— Oui, pardon, dit Sidh, piteux, je vois bien que tu es fâchée. Mais je voulais bien faire, je t'assure...

— Arrête, tu es GÉNIAL !!! Je t'adore !!!

•●•

— Eh, Sidh ! Pourquoi j'ai pas un smartphone à moi ? dit Hugo. Moi aussi je veux aller dans la ceinture d'Orion et voir les pieuvres qui dansent.

— Bah, répond Sidh, ce ne sont que des images. Écoute, Hugo, un jour, je t'emmènerai en voyage avec moi, et tu verras tout ça en vrai ! Les mondes de Trooba, Soumska-la-Géante, et les pistes galactiques de Vega, qui sont comme des toboggans dans l'espace.

— Tu promets ?

— Oui.

— Trop génial ! s'écrie Hugo qui se jette sur Sidh pour le prendre dans ses bras.

# UN PETIT MOT DES AUTEURS

Erik et Frédéric sont cousins, et amis avec Régis depuis longtemps. Ils sont tous les trois spécialistes des idées géniales (certains disent bizarres !) C'est comme ça qu'ils ont un jour imaginé Sidh, le génie du frigo.

Erik et Frédéric aiment s'asseoir dans des cafés pour inventer les aventures de Sidh (et les mésaventures de la famille qui vit avec ce génie encombrant). Ils adorent tester leurs répliques à voix haute, sous le regard médusé des autres clients.

Les deux cousins confient ensuite les épisodes à Régis, qui croque, dessine et colorie les différents personnages, en ajoutant des blagues bien à lui...

En bref, les trois auteurs espèrent que vous aurez autant de plaisir à suivre les péripéties de Sidh qu'ils en ont eu à les créer !